ETER

H. A. REY

Nicke Nyfiken
får ett jobb

rabén&sjögren

Rabén & Sjögren
Box 2052, 103 12 Stockholm
rabensjogren.se

Originalets titel: *Curious George takes a job*
Andra upplagan. Första tryckningen
Tryckt i Polen 2016
ISBN 978-91-29-69937-1

Rabén & Sjögren ingår i
Norstedts Förlagsgrupp AB, grundad 1823

Det här är Nicke. Han bodde i aphuset i en djurpark. Nicke var en snäll liten apa, men han var rysligt nyfiken. Han ville ta reda på hur det såg ut utanför aphuset.

En dag fick Nicke tag i nyckeln till buren.
Djurskötaren märkte det inte.

När han fick se vad som hade hänt var det
för sent – Nicke var borta.

Var fanns Nicke?
De letade efter honom överallt.

Men de kunde inte hitta honom.

Nicke hade gömt sig i höet inne hos elefanten,
som han var god vän med. Till sist brydde
djurskötarna sig inte om att leta efter Nicke mer.

Han hittade ett så skönt och trevligt ställe att
sova på. Det var under örat på elefanten. Och
när djurparken öppnades nästa morgon gav
han sig iväg ut i världen.

När Nicke kom ut på gatan blev han lite rädd.
Vad skulle han ta sig till i den stora staden?
Kanske han kunde hitta sin vän, mannen med
den gula hatten, som hade hämtat honom i
Afrika för länge sen. Fast Nicke visste inte var
han bodde.

Det kom en buss som stannade vid gathörnet.
Nicke hade aldrig åkt buss förr. Kvickt klättrade
han upp på en lyktstolpe. Sen hoppade han rakt
ner på bussen och så bar det iväg.

Nu var de precis
i mitten av stan. Där
fanns så mycket att
se så Nicke visste inte åt
vilket håll han skulle titta.

Å, om han bara
kunde få sitta så
här och åka jämt!

Men efter en stund blev Nicke trött och lite
sömnig. När bussen saktade farten i ett gathörn
hoppade Nicke av.
Där var en restaurang rakt framför honom.
Mmmm – det var nånting som luktade så gott!
Nicke kände sig plötsligt hungrig.

Köksdörren var öppen och Nicke promenerade in.
På bordet stod en stor kastrull. Nicke blev förstås
nyfiken. Han måste titta efter vad som fanns i den.

När kocken kom tillbaka, blev han verkligen
häpen. Hela köket flöt av spagetti, och mitt
i spagettin satt en liten apa. Nicke hade ätit
flera meter spagetti och resten hade han trasslat
in sig i.

Kocken var snäll. Han grälade inte så
värst mycket. Men Nicke fick skura
hela köket och sen fick han diska. Oj,
vad det var mycket disk! Kocken stod
och tittade på Nicke.
"Vad du har det bra, som har fyra
händer", sa han. "Du kan ju göra
allting dubbelt så fort."

"Jag har en god vän.
Han skulle behöva en
sån liten en som du till
att tvätta fönster. Om
du vill så kan jag ta dig
med till honom."
Och så gick de ner i tunnelbanan och tog ett
tåg till kockens gode vän. Han skötte hissen
i en skyskrapa.

"Det är klart att jag har användning för dig,
Nicke", sa hisskötaren. "Här ska du få vad du
behöver. Du kan börja med detsamma. Men
kom ihåg en sak, du har kommit hit för att
tvätta fönster! Bry dig inte om vad folk som bor
i huset gör. Var inte nyfiken för då går det illa."
Nicke lovade att vara snäll. Men små apor
glömmer så lätt …

Nicke var färdig att sätta igång. Oj, så många
fönster det fanns! Men Nicke arbetade fort,
för han hade ju fyra händer. Han hoppade från
fönster till fönster, precis som han hade hoppat
mellan träden i Afrikas djungler.
Till att börja med skötte Nicke sitt arbete och
brydde sig inte alls om folk som bodde i huset.
Det är klart att han var nyfiken, men han kom
ihåg vad han hade lovat.

I ett rum satt en liten pojke och skrek, för han ville inte äta upp sin spenat. Nicke tittade inte alls på honom utan fortsatte bara med sitt arbete.

I ett annat rum låg en man som sov och snarkade. Nicke var ledsen att det inte var hans vän, mannen med den gula hatten. En liten stund satt han och hörde på hur mannen snarkade, men sen fortsatte han att arbeta.

Men vad var det som hände där inne? Nicke
slutade jobba och tryckte näsan mot rutan. Det
var två målare som höll på att måla där inne.
Det tyckte Nicke var spännande. Att måla var
nog mycket roligare än att tvätta fönster.

27

Målarna skulle just gå och äta lunch. Så fort de
hade gått, klättrade Nicke in genom fönstret.

Såna härliga målarburkar och målarpenslar
de hade! Nicke kunde inte låta bli …

Efter en timme kom målarna tillbaka. De
öppnade dörren ... och sen stod de där och
gapade. Hela rummet hade blivit förvandlat
till en djungel med palmer på väggarna och

30

en giraff och två leoparder och en zebra.
Och där var en liten apa som höll på att
måla sig själv på en palm.
Då förstod målarna hur allt hade gått till.

Som tur var fanns det en dörr alldeles bredvid
Nicke. Han sprang iväg så fort han kunde. Efter
honom kom de två målarna springande och sen
hisskötaren och sen damen som bodde i rummet.

"Å, mitt vardagsrum är förstört", skrek
damen. "Låt honom inte komma undan."
Nicke sprang iväg till brandstegen.

Sen sprang Nicke nerför stegen ända till slutet.
De andra hade inte hunnit ifatt honom än.
Nu skulle han nog klara sig. De andra kunde
ju inte hoppa.
Men Nicke kunde hoppa hur lätt som helst
och springa sin väg.
Nu skulle han snart vara i säkerhet.
Stackars lilla Nicke! Han tänkte inte alls på att
trottoaren var hård som sten … inte alls mjuk
som gräset i djungeln!

Det gick illa! Han bröt benet, och det kom
en ambulans och körde Nicke till sjukhuset.
"Det var rätt åt honom", sa damen i rummet.
"Göra om min lägenhet till en djungel, tänk
så fräckt!"
"Jag sa ju åt honom att han skulle akta sig",
sa hisskötaren. "Han var för nyfiken."

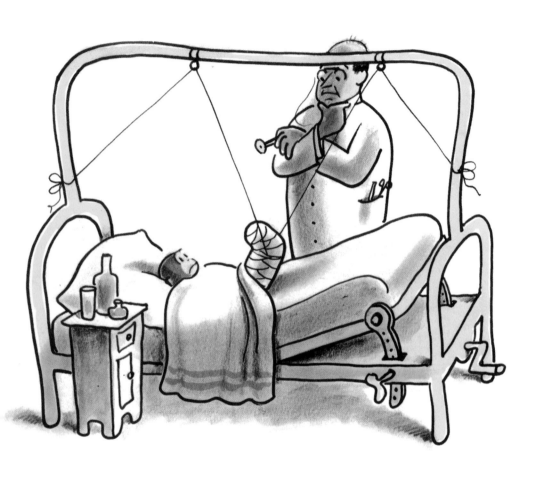

Nicke fick ligga i sängen med det gipsade benet
rätt upp i vädret. Han var olycklig nu.
Allt hade ju börjat så trevligt! Om han bara inte
hade varit så nyfiken kunde han ha haft en
massa skoj. Nu var det för sent …

Men nästa morgon kom Nickes vän,
mannen med den gula hatten, och köpte sig en
tidning i kiosken. Och då blev det liv i honom.
"Titta, där är ju Nicke!" skrek han när han såg
bilden på första sidan.

Han läste kvickt hela historien, och sen sprang han till en telefonkiosk och ringde upp sjukhuset.

"Det här är en god vän till Nicke", sa han till sjuksköterskan som svarade. "Ni får vara snälla och sköta om honom ordentligt, så att han blir bra snart. För jag tänker göra en film om hans liv i djungeln.

Se till så att han inte råkar i något mer trassel innan jag kommer och hämtar honom."

Och så en vacker dag kunde Nicke gå igen.
"Din vän kommer och hämtar dig om en
stund", sa syster Ann. "Stanna nu här och rör
ingenting."
Så fort Nicke blev ensam började han titta på
alla konstiga saker som fanns på sjukhuset.
Undrar vad det är i den där stora blåa flaskan,
tänkte han.

Nicke var mycket nyfiken.

Det luktade konstigt.

Rätt som det var började
det snurra i hans huvud.

Och så kändes
det som om han flög.

Stjärnor och ringar dansade
runt framför ögonen.

Sen blev allting mörkt.

Och det var så mannen med
den gula hatten hittade Nicke
när han kom för att hämta
honom. De plockade upp
honom och skakade honom, men de kunde
inte få liv i honom. Han sov så djupt att de
måste sätta honom …

… UNDER DUSCHEN!
Vad häpen han blev när han vaknade!

Nicke sa adjö till syster Ann och till den snälla
doktorn. Sedan klev Nicke och mannen med
den gula hatten in i bilen och körde till
filmstudion.

På direktörens kontor fick Nicke skriva under
ett kontrakt. Nu var han filmstjärna!

I studion fick Nicke så mycket att göra hela
tiden att han glömde bort att vara nyfiken.
Han tyckte om djungeln som de hade gjort
åt honom och lekte där och var så glad.

Och när filmen var färdig bjöd Nicke alla sina vänner att komma och se den. Doktorn och syster Ann och ambulanschauffören och mannen i tidningskiosken och damen i rummet och hisskötaren och de två målarna och kocken och redaktören i tidningen och alla djurskötarna i djurparken.

När det blev mörkt på bion och filmen började
kunde man höra en röst som sa så här:
"Det här är Nicke. Han var en snäll liten apa
som bodde i djungeln. Han hade bara ett fel:
han var alldeles för nyfiken!"